文学之都
未来诗空

地球旅馆

李樯 著

江苏凤凰文艺出版社

图书在版编目（CIP）数据

地球旅馆 / 李樯著 . -- 南京：江苏凤凰文艺出版社，2023.1

（文学之都·未来诗空）

ISBN 978-7-5594-7054-6

Ⅰ.①地… Ⅱ.①李… Ⅲ.①诗集—中国—当代 Ⅳ.① I227

中国版本图书馆 CIP 数据核字 (2022) 第 203230 号

地球旅馆

李 樯 著

出 版 人	张在健
选题策划	于奎潮　陈　武
责任编辑	孙楚楚
特约编辑	朱　莹
责任印制	刘　巍
出版发行	江苏凤凰文艺出版社
	南京市中央路 165 号，邮编：210009
出版社网址	http://www.jswenyi.com
印　　刷	三河市华东印刷有限公司
开　　本	880 毫米 × 1230 毫米　1/32
印　　张	5.75
字　　数	112 千字
版　　次	2023 年 1 月第 1 版
印　　次	2023 年 1 月第 1 次印刷
标准书号	ISBN 978-7-5594-7054-6
定　　价	48.00 元

江苏凤凰文艺版图书凡印刷、装订错误，可向出版社调换，联系电话 025 - 83280257

目录 contents

辑一　月光进入不了有灯的屋子

- 002　黑夜踩住他的衣角
- 004　就这样到了春天
- 006　彩旗飘过这个下午
- 008　旧枕头
- 010　魂不守舍的春天
- 012　梦　境
- 013　故　乡
- 014　远　眺
- 016　我和妈妈
- 018　朗读者毛焰
- 019　一刻钟
- 020　论一首诗及一个词语的准确性

021	彼与此
022	辩 喜
023	圆 镜
025	静 谧
026	挤
028	房间里空空如也
030	每个人都是一封信
031	破 晓
033	半夜醒来
034	月光进入不了有灯的屋子
035	在街头
036	渴 望
037	芦花和猫
038	走向雪野深处
039	黑暗深处的一滴雨
042	日常生活
043	穿 越
045	代表我的那棵树
046	地球旅馆
047	手提生姜
049	元旦献诗
051	我和我的敌人
053	悲伤时刻
054	一个清晨

辑二　寻隐者不见

- 058　寒山寺
- 060　铁岭关
- 061　阖闾大城
- 062　瓷　碗
- 064　对一支香烟的想象
- 065　棉花，棉花
- 066　街　角
- 068　炒苋菜
- 071　玫　瑰
- 072　反光里的故乡
- 073　弯曲的河流
- 074　老　屋
- 076　雨　后
- 077　雨后的河流
- 078　河边的清晨
- 079　落叶和麻雀
- 081　寒雪吟
- 082　早点摊
- 084　藏起来的风
- 085　空　山
- 086　沿河堤跑步
- 087　看见青山

088	在乡下
090	郊游诗
092	卧　室
093	旅途见闻
094	一条泛着星光的河流
095	夜宿阳羡茶场
096	东坡书院
097	在大雨中想象一场大雨
098	水　草
099	浮山行
101	寻隐者不见
102	黑皮记事本
103	花朵丛生的小路
104	读《第一个人》
105	我车里有根鱼竿
107	石头和月亮
108	劳动节
109	苦楝树
110	我是一棵树
111	早　起
112	照镜子
113	厚载巷
114	圆形跑道
115	夜中夜

116	四条巷
117	酒吧一条街
118	回笼觉
120	三两水饺
121	高　岗

辑三　让秋天成为往事

124	去年初冬
126	烟花三月
128	五　月
129	六月抒情诗
130	让秋天成为往事
133	过　年
135	初　夏
136	在阳台上回忆童年的一次劳动
138	又一年
140	早春小诗
141	初夏的早晨
142	岔路口
143	夏夜的村庄
145	海边的新年
146	十　年
147	龙　舟

149	看樱花
150	春风斩
152	黎明之前
153	骑扫把的父亲
155	小　说
157	吉木狼格来了
158	十月赋诗
160	敬老院
161	返老还童
163	生活的庭院
165	驴　鸣
166	麦子之死
167	路过你窗前
168	赠久无消息的朋友
169	少　女
171	梦见女儿
172	十一月
173	深秋的早晨

辑 一

月光进入不了有灯的屋子

黑夜踩住他的衣角

他背对阳光,眼睛眯成一条缝
看不清前面的景物
景物们看见了他,和他的衣着
他下巴三天未刮的胡子

在他眼里,世界是一抹浓稠的汁液
没有温度和气味
只是无数种颜色混合在一起
就像他晕倒前
眼前闪现的一幅画
他始终眯着眼
他的瞳孔里有两个夜晚
漆黑的,月圆的

和清晨相比,他更喜欢黄昏和黎明
落日,灰色,人物众多的梦
无声掠过藏青色夜空的鸟

黑夜踩住他的衣角

他有些紧张，他来到光明中的时候

还不能马上适应光明

1997.4.25

就这样到了春天

就这样到了春天
人们还没有准备好
懒惰像一条蛇
藏在洞穴里昏迷不醒
他昨天晚上梦见了冰河
树林望望天空
就这样到了春天

他匆匆穿过马路
外面已比屋子里温暖
来回穿梭的人
代替了他昨晚梦见的冰河
女孩们身着春装
摆好了恋爱的姿势

出门之前
他没忘记把门窗关严实

他不愿意

让春天就这样到来

1998.2.12

彩旗飘过这个下午

彩旗飘过这个下午
风像刀子般锃亮
一只麻雀滑过锋利的刀尖
这飞翔的凶手
看见血的颜色它就兴奋

彩旗飘过这个下午
所有门窗都关得严严实实
不让花朵进屋
一只猫流浪在外
阳光也不可以进屋
花瓶等干了它内心的水分

彩旗飘在这个下午
路人抬头看见一扇窗户打开
躺椅上睡着的人笑了
他梦见了风筝

有个他愿意唤作姐姐的女孩

把他放飞起来

1999.1.9

旧枕头

旧枕头，很多年前开始
待在我身边，二十多年
像一块又老又软的木头
我舍不得扔了它
妻说扔了吧我说不行
没它我睡不着

我已不记得，它崭新的样子
枕套撕裂过，我亲手
将撕裂的地方缝合，像医生
缝合我额头的伤口，新生的皮肉
覆盖了疼痛，我睡在旧枕头上
做着另外的梦，不痒不痛

旧枕头和新房子
和崭新的床褥不相匹配

但这不能构成,扔掉它的理由

很多事都不相匹配了

2001.3.3

魂不守舍的春天

跨过魂不守舍的斑马线
就跨进了春天
对面的树林燃起大火
新的胚芽迅速枯萎
这是春天到来
我目睹的第一起事件

你还能躲到哪里
躲到哪里都会被疼痛击中
被懒惰的温暖击中
像案几上安静的雪茄
甜香的苦涩
零散地分布在味蕾末梢

案几上,还有一杯正在变冷的水
杯子的主人不知去向,据说
他失踪了

在一幢大楼的拐角
迎面走来的女人对他说
其实你也是个善良的人呢
他摇摇头,然后就失踪了

2001.3.9

梦 境

对我来说
你就像条久别不能重逢的河流
两岸的风光
和水蛇一起快速游去

但我走不出那些波光流影
不管有多远
好像总在一条回去的路上
何况,你已离开

你正试图穿过
一片落花雀跃的树林
只留下湍急的水声
擂打我的耳膜

2011.3.17

故 乡

月亮躲在邻家屋檐的后边
一只蝙蝠
掉进黑暗的树影
又是一只,也许还是
刚才那一只
鼓胀的石榴
要在月光的照耀下
去地上玩泥巴

一个年幼的婴孩
在原野上咿呀歌唱
他一转身
看见三十八岁的他
正赤裸着
饱经风霜的身体

2002.8.25

远　眺

来到露台上
还未来得及摆好
远眺的姿势
一阵风
已将我的眼神望穿成
一小片白云

飞鸟的羽毛
在绝望般的速度上冒出轻烟
它在空中燃烧
落在大地上的影子
依然是
一小团
灰

蚂蚁扛住了台风
驴子踢了每一个神的屁股

有时心烦

有时欢乐若隐若现

但这都不影响

我们对无常的判断

梦里的喊叫声

从未逃出嘴巴这只牢笼

反倒是日常

掺入了太多口水

2013.10.21

我和妈妈

我和妈妈吊在树上
不知道是主动吊上去的
还是被人吊上去的
不知道是因为生活所迫
还是因为活得太开心了
妈妈的病痛令她偷偷抽泣
带着恨意小声对我说
疼,疼得不想活了

我们娘儿俩穿着白色的长袍
脖子套在麻绳里
麻绳拴在高高的树枝上
我们谁也没法摆脱
谁都救不了谁

地面有两团火
我和妈妈的脚下各有一团

我们都被烧着了
妈妈在火焰中轻轻摇晃着
一会儿就不见了

                                                2014.12.25

朗读者毛焰

鲁羊重感冒了
通话的声音像电话坏了似的
他原来的嗓音成为一种铺垫
甚至有时
那些虚弱的铺垫也丢失了
我说你现在的声音
更像毛焰
这时他非要朗诵一首新写的诗
我说还是算了吧
你应该多休息
但他坚持要读
他说我不读,是毛焰读

2013.12.5

一刻钟

我把自己所有的时间
都调快了一刻钟
客厅里的挂钟,手机
电脑,车里的电子钟
都调快了一刻钟

这是否意味着
我会比自己
早死一刻钟

2015.12.28

论一首诗及一个词语的准确性

而我只是一个词语
里的精子
我可能永远游不到大海
就会老化,死去
即便越过地理的迷宫
从一条隧道
进入另一条隧道
到头来,还是无尽的迷宫

光芒之血丧失了血色
光芒死在寻找光明的路上

2016.10.12

彼与此

据说人死后
仍然活在另一个地方
并不时地
给他惦念的人
送去那个人也不易察觉的问候

也许那个人仍然是我自己
你我之间,时常捕捉到一些
对方传来的信息
而真相往往喜欢躲在另一端
使我们成为彼此的呓语

2017.8.3

辩 喜

阴雨天，坐在窗边读本闲书
雨篷上的啪啪声有缓有急
缓的轻，急的重
这声音会一直滴到夜晚
滴进以后
许多海绵般的日子
看不见的汽车，蚂蚁和虫子
从楼下的街道经过
叮叮当当的凿击声
连接人间和地狱两个世界

普通的街道上走着普通的人
街道四通八达，行人四面八方

2018.5.6

圆　镜

我开始不喜欢安全的诗
不喜欢技术和词语勾连巧妙的
更别说脑洞和灵感横飞的
貌似迷人,其实障眼
如果你只是
让我在镜子前原地打转

我喜欢你把我带到某个临界点
生涩,茫然,不知云归处
哪怕看上去笨拙,单薄,生性冷淡
我跟着你,越过自身的局限
一路默然
我则在心里不断地盘问

结果仍然没有答案

但我看到你远方的终点,清晰
又不明所以

2018.5.8

静 谧

整座森林，没有一片叶子在动
所有昆虫失声
无名的虫子倏然窜出来，
快得模糊不清
如同来自另一个空间的速度

叶荚落在枯叶上的声音
跟宇宙深处一颗突然爆裂的星球
相似，就是这样
局部世界成为全部世界
熟透的叶荚在夜光里下坠
闪耀着，如一粒滑向太空的飞船

2018.7.15

挤

当初,月光
挤出李白的乡愁
他最终也没回到故乡

当初,大雪
挤出林冲的仇恨
他最终被仇恨淹没

此时,黑夜
挤走树的影子
失眠挤出夜晚的胆汁

不时地
生活也会从你眼中
挤出几滴泪水

这一切对于世界

似乎什么都没有发生

2018.9.20

房间里空空如也

所有房间的门已关闭
屋子里唯一的家具
一张沙发,他一个人
或坐或躺,手中空无一物
天花板上映现星空
接着是白日光影,窗外蝉声乍停
书本掉在地上,安静地
自己翻阅着自己

一天很快就要过去了
他有些着急地躺下来
他要的那种空虚如注
迟迟未来

醒来后,他发现自己
终于消失在灰白色的亚麻布里

布面上还残留着压痕与体温

房间里空空如也

2018.8.17

每个人都是一封信

殡仪馆的运尸车
是地狱驶来的邮件专列
一具尸体是一封信
一封写给上帝的信
我们都将这样来到火葬场
焚尸炉门缓缓关合
就像盖上了一枚邮戳

我不知道自己是谁
写给上帝的信
焚烧过后,我会变成一捧灰
那是信的全部内容

2018.9.8

破　晓

天亮前，一头豹子踱进我的梦里
它缓缓走下破晓的山头
然后消失，太阳正在上升

它每天重复同样的动作，任性，孤单
喘息声弥漫在晨曦里
我们拥有相同的危险

陷阱张开，挣扎、吼叫都无用
忧伤一旦遭受诅咒
便成为锁定我们一生的秉性

时间的枪口射出密集的假象
闭目、战栗，无休止地下坠
总是忍不住睁开双眼

终有一天我们会再次相遇

互相拥抱，舔舐，互相撕开对方
并从中找出那些相同的部分

2018.9.15

半夜醒来

半夜醒来
摸索着打开厨房灯
瓶瓶罐罐从灰白大理石台面上
生长出来
我为自己兑了一杯温水
咕嘟咕嘟的声音,像极了
这些生活用品
深夜未醒的鼾声

2018.10.27

月光进入不了有灯的屋子

营业员打开门
我们走出温暖的房间
月光进入不了有灯的屋子

街道两边悬铃木的叶子
被月亮烤得一片焦灰
我站在马路边
想叫住马路对过的你
跟我一起去城墙上欣赏月亮
我把你举起来,一边奔跑
一边任凭你在月光里挥发

我终将两手空空地回去
回到月光进入不了的屋子

2018.11.23

在街头

我用了很长时间
才来到这条宽敞透彻的大街
却不知道接下来该走向哪里
各种各样的灯光
陌生,亲切中伴随着隔阂
我想起答应过朋友
会写一封无关紧要的信
告诉他我已经走到哪里
店铺的主人纷纷摇头说——
没有信封卖了
表情那么淡漠

夜深了,雾气越来越浓
我在大街上继续走着
它的尽头,或许有颗星星
正在天边闪烁

2018.11.30

渴　望

让我们就着半分夜色

将山下无序的街灯一饮而尽

灯光迷离,你膝下的小狗

在潮湿打滑的地面团团转着

捕捉鼠妇与蛾蠓

而我们,正从地心舀一勺岩浆

作今夜的酒

灌进每一根毛细血管

然后它们冷却,夜色中

我们的双眼闪闪发光

接着越来越微弱

直至全然不见

2019.1.3

芦花和猫

我梦见一只小猫
他坐在一簇芦花上,安静地
望着远方,冬天的太阳
使它的绒毛像芦花一样柔软
后来小猫顺着苇秆回到地面
快速钻入旁边的树林

现在轮到我坐在芦花上面
即使没有风吹
整个世界也摇摆不定

2019.1.4

走向雪野深处

在一个雪天,我路过一户人家
他家的草狗跑出来
龇牙咧嘴,作出一副
要扑过来咬人的样子
我四肢着地,咆哮着反扑过去
它吓坏了
逃到主人的身后嘤咛着
我喘了口粗气
双手抄在破败的棉袄袖子里
走向雪野深处

2019.2.15

黑暗深处的一滴雨

1

"啪"的一声,一滴雨
似乎落在马路对过六楼一户人家的
遮雨篷上,又似乎是
落在了更远处的遮雨篷上

声音提供了一段模糊的距离
它来自比想象
更远的地方

2

"啪"的一声
还是那滴雨,接下来
黑暗中再没有
另一滴雨声

黑暗中仅有两种事物
一滴雨水和它发出的声音
黑暗戛然而止
凝住无边空洞

3

仍然是那滴雨水
和它的声音,"啪"
一个象声词
犹如一个秘密
犹如悲伤的总和

如果不是遮雨篷或者其他什么
还能成就那样一滴雨吗
答案是肯定的,它是全部
它偷吃了所有秘密

4

我躲进这滴雨里
在黑暗中
黑暗也躲在
一滴雨里

"啪"的一声
雨水摔碎在遮雨篷上

2019.2.18

日常生活

我为什么要去远郊的路口
等待一场花开
等待一个陌生而友好的人经过
我为什么要在深夜的岸边
停下来
听流水须臾漫过心底的喧嚣

一根钢针穿透跳动的心脏
也放出了里面的毒
光和空气从针孔透进来
昏厥的蚂蚁再次醒来
它被伙伴唤醒
倔强地分泌着温情

2019.3.30

穿　越

一只麻雀越过湿润的路面
乌鸦飞得更高一些
再多阳光,楼宇也长不出叶子
除非我们
把植物种到上面

整个镇子静悄悄的
没有人家醒来
要去的渔具店也没开门
青色马路伸进远山
空气里终于有了
甜丝丝的自由气息
在树丛、密林、乡间小道上
到处都是

终于没有了路
没有了树木、湖水、村庄和牛羊

没有了天地之别
只有热泪盈眶的双眼
再也找不到方向

2019.4.27

代表我的那棵树

白天，我能够

在菜市或游乐场

听到阒寂，也能够

在悬崖边或旷野深处

听到喧嚣

到了夜晚

我不得不去睡觉

代表我的那棵树

隐藏在黑暗中

继续倾听着

2019.5.2

地球旅馆

地球是一家大大的旅馆
并向每一个住客
免费提供浆洗理想和爱情的服务
但旅馆主人发现
这个部门的工作最为清闲
"很少有顾客需要这项服务了"
工人们不是在打瞌睡
就是在手机上聊天
有人劝主人把这个部门撤了
店主摇头说，总有需要的人
不知何时就会登门

2019.9.29

手提生姜

我用一只半透明塑料袋拎着一块生姜
进入西班牙餐厅
在侍者狐疑的目光里,我向面前的牛排
挤出几滴新鲜的姜汁
阳台花盆里的土质肥沃
却因干旱而一片荒芜,墙砖缝隙里
长着一株面黄肌瘦的野草

我又搭乘地铁来到奢侈品商城
这里灯火通明,光鲜亮丽
我站在大厅中央,一次次旋紧拎袋
然后让它反向旋转
那些古驰和巴宝莉的宠物们
那些穿貂皮大衣戴金手镯的宠物们
快来看我手里的生姜

它已长出鲜嫩的枝叶
它已张开嫣红待孕的花蕊

2019.10.21

元旦献诗

星期三,你干掉了星期二
干掉过去了的一整年
一秒钟就能干掉一万年
星期四领着鲁滨逊的仆人
从远处的海滩跑过来
手里的螺号自带信风的叮咛

我常常为迎接新事物的仪式
感到羞愧
新生儿握紧小手,皱紧眉头
从水滑梯般的产道,从天堂
落到人间,死者们则乘坐黑色灵车
驶向地狱

冲杯咖啡,读十页无用之书
我要再去睡个回笼觉
要躲进幻想中的黑屋子或者

湖边的长椅上独坐
我常常忧虑时间不够用
所有值得虚度的事情更显珍贵

　　　　　　　　　　　2020.1.1

我和我的敌人

我们一生下来就成为敌人
我想好好活着，越活越好
尽管我不知道
所谓的好是个什么样子

我的敌人非要我死去
每一天每一分钟甚至每一秒
我的敌人从未放弃
杀死我成为他的人生信条

他有各种各样的手腕
欢乐和荣耀，把这些加诸吾身
恐惧和愤怒，把这些加诸吾身
他深谙杀人术

不知道有多少次我差点儿死去
逃脱他的追杀纯属侥幸

我还时常以为
自己是个人生赢家呢

我们一起住在我的躯壳里
我知道自己终将失败
我只是在想
我和我的敌人有没有过和谐的时刻

2020.2.26

悲伤时刻

突然涌现的柔软中的
那一颗泪滴,分明是一颗
无限大的宇宙
漫无边际的黑暗中的
那些星云啊恒星啊
分明是也不知道光源来自哪里的
微弱的反光

2020.11.1

一个清晨

许多年以后
在一个类似的清晨
我将再次读到自己的死亡
具体说是那之前的日子
最后的一段时光
我变得眼瞎耳聋，口齿不清
我已忘记这个世界
并把寥寥几个来看望我的人
认作远古时代的爬行动物
或者浑身布满铜锈的神秘雕像
我们的交谈看上去如此滑稽
好像在解密一段
谁也无法破译的经历
更多的人早已离我远去
就连那个忠实追随我许多年的影子
也不复存在
他在我最后的日子来得最勤快

但不久就不再来了
我不再走出屋子
双手平举在空气里，在老旧的沙发
桌椅、家具间行走自如
甚至走得飞快
像那只盘踞在黑暗中多年的老蜘蛛
准确扑向被蛛网困住的死神

2020.11.21

辑 二

寻隐者不见

寒山寺

性空大师病了
他的禅房静悄悄的
他就像空气一样
找寻不着,又无处不在

我本来想对他说
我变卖了所有财产
现在已空无一物
说这些话时我淌下了眼泪
一副伤心欲绝的样子
这时有的游人在拍照
有的在好奇或装模作样地撞钟

一个中年女信徒爬到塔顶
向远处眺望,她看到了什么

如果她什么都没看到
我对她的注视就是仰望

1994.5.26

铁岭关

运河的水很浑浊
上面漂着生活垃圾和游船
枫叶还未红
钟声其实离我很远
即使抽完了第二支烟
还是没能听见那无声的寂静
只有隔岸的脚手架
和叮叮当当的击凿声

爬墙藤紧贴墙壁
根须伸进铁岭关的肉体
仿佛只有它们
触摸到了从前的温度

1994.5.26

阖闾大城

阖闾大城已不复存在
满载水泥、黄沙的机动船
从吴门桥下穿过

如果我不看这些
顺着城墙上的青砖路一直往前走
一直往前走
会走到什么时间,什么地点?

1994.5.26

瓷 碗

一只瓷碗
没有棱角它的棱角
在摔碎的瓷片上
而且锋利
不相信,你用手划一下

一只瓷碗
造型丰润,不丰润的
是碗里的毒药
一只老鼠在瓷碗边躺倒
一群小老鼠成了孤儿

更多时候
是瓷碗把我们养大
你看婴儿嘴巴前

那个年轻妈妈的乳房
像不像一只瓷碗

2001.1.16

对一支香烟的想象

一个朋友说
香烟是朋友,我笑了
朋友咬着他朋友的屁股
陶醉地吸了一口
一缕烟雾
是他朋友的另一种形态

朋友朗诵了曼德施塔姆的
四行诗句,优美而伤感

朋友的朋友
就是这么一根,软软的香烟
压缩着一屋子烟雾
朋友是个孤独的人
他的朋友是一根香烟
他的朋友是曼德施塔姆

2001.2.6

棉花，棉花

棉花，棉花
纺车的齿轮使它面目全非
它应该是什么
棉花桃子里湿漉漉的胎茸
紫色花朵的情人
就像我们应该回到
出生以前，甚至再之前
棉花应该回到棉花地里
在秋风里盛开

2001.7.11

街 角

雨水舔湿倚在墙上那个人
的背影,他手指西边
告诉人们那是精神病医院
那里随时发生
许多好玩的事情

各种颜色的雨衣
巨幅广告,一个接一个
不断地消失
一个女孩跌落进去
一群鸽子跌落进去
那里有一个更大的空洞

车身广告:一个开心的女人
露出洁白的牙齿
脸上白色的牙膏沫

像被人

喷在上面的糨糊

2002.8.17

炒苋菜

八两苋菜不要太老
要是洗菜时觉得有些扎手
那就是老了
老牛还喜欢吃嫩草呢
一定要洗干净,至少三遍
搓净里面的沙土

大豆色拉油,多放点没关系
苋菜耗油
不比毛豆和蚕豆瓣
你放再多油,它也吸不进去
炸点姜丝,炸点葱花
火要大,锅要热
热得滋啦啦地响
热得开始冒青烟
苋菜就可以下锅了

闻到苋菜的清香了吗
好，酌情放盐和糖
那点糖还不至于让你发胖
减肥的秘诀在于控制主食
就这样，再翻炒几遍，放点味精
要是你不喜欢
那就不放，要是你很喜欢
那也不能多放
什么多了都会腻味

炒到八成熟或者十二成熟
都没关系
无非有点夹生，或者黏烂
但七成就不行，生味太重
十三成熟更不行
大家都知道，十三是个不好的数字
在联众象棋网
我从来不坐十三号桌子

好了，出锅吧
一碟子香喷喷的清炒苋菜
要是你不懒，就剥几瓣蒜

剁成蒜末，和苋菜一起炒
那叫蒜茸苋菜

               2002.9.8

玫　瑰

接过我的玫瑰的人
又抛弃了玫瑰
她把玫瑰抽出花瓶
和菜叶、卫生巾、记忆一起
扔进垃圾袋

2006.5.2

反光里的故乡

早起打开窗户
叶片反射的阳光乱如河面上的
波光像不安的磷火
我突然一阵晕眩
又一天
悄悄开始

我被那道反光弹射出去
落在千里之外的故乡
所有的乡愁
都源自一场没有归途的远行

2013.7.26

弯曲的河流

我试图追赶上一条河流
听清她一直絮叨着的暗语
可这是一场没有终点的追赶
或许,河流絮叨着的
本来就是一场沉默

河流永远跑在前头,或者她根本就是
一直静止在那里

河流的蜿蜒是一滴水的蜿蜒
她总是弯曲的,甚至我敢断言
弯曲本就是河流的禀赋

2014.7.20

老 屋

故乡的老屋已成为风和蜘蛛的乐园
池塘的流水如锉刀
把屋后大片的空地锉成河泥
在杨花和月光里逡巡的童年
就这样塌陷了
我抛弃了一个故乡
却无法建造另一个故乡

每到春天,屋前屋后的荒地
便长满蒿草,蛇和虫子在草丛中安家
父亲会带领我们翻整那些土地
捡出从土里长出的石块、瓦砾和枯枝
种上黄瓜、豆角,点上白菜或豌豆籽
我的乡愁在废墟上茂盛地生长
一年一茬

多少年来,我带着父母在异乡远行

我们早已走得腿脚酸胀，口干舌燥
却依然双眼茫然
依然没有走出心底的焦虑
我们谈论着晴朗或微雨天气里
弥漫到高大树冠里的炊烟
那被称作美好的、安详的事物
离我们愈来愈远

2015.6.5

雨　后

一夜的雨在天亮时停歇
早起的人看见地面湿漉漉的
树木和房屋湿漉漉的
空气湿漉漉的
河流也变得，湿漉漉的

更多的人醒来
涌上大街，走向车站、广场
没有人议论
昨晚的那场雨

2015.7.3

雨后的河流

河水漫上堤岸
使岸上的灌木
看上去像长在水里的物种
鱼群游进灌木丛
在陆地上交尾,在树干上产卵
他们的后代将跟蝉虫一起
在黎明前张开翅膀
鱼和知了的叫声此起彼伏
在水底,也藏匿着一个夏季

2015.7.13

河边的清晨

这是刚刚发生的事情
我就站在岸上,闭着眼睛
暂时忘了河流的存在
空气中那些自由的部分
像一顶茂密的树冠
在我肺部悄然打开,一阵风吹过
树冠摇曳开来
一把撑开的大伞
把我带向空中,越来越高

我离地面越来越远
脚下的河面变得开阔
流水似乎醒了,发出哗哗的歌声

2015.7.22

落叶和麻雀

落叶被风卷着
在地面上画着椭圆向前翻滚

一群觅食的麻雀
也在地面上画着椭圆

先是后面的飞起来,落到前面
落下之前,再后面的也跟着
低飞而起,落向更前面一点的位置
如此反复,像那丛贴地飞行的落叶

你没有理由怀疑
所有的麻雀,就是那些树叶
所有的树叶,就是那些麻雀

它们曾驻守枝头,一起在雨里欢呼雀跃
现在它们在地面
画着相同的椭圆

            2015.12.5

寒雪吟

你穿着粗麻布服出现在近前的树下
赤裸的双脚沾满白雪
雪越积越厚淹没了你的小腿
接着是大腿，粗麻布服的一角
还在风里摇曳

我肯定是害怕的
害怕你走远，躲进白马的腹中越冬
高大的松树上堆满同样彻骨的寒冷
深绿的松，白色的雪
你抵御寒风的刀口已经豁钝

春天将从何而来
裹挟着鱼卵的暖流将从何而来
暖风已至，枝头的积雪簌簌飘落
你消失在一片雪野的逆光中

2016.4.27

早点摊

店铺的门还关着,街道尚未苏醒
年轻的男子已经出摊了
一身白色工装,面色也干净
早点车上的六七只不锈钢桶里
分别装着小米粥,绿豆粥,八宝粥
他安静地等候在街角
过往的人依然稀少
包子店已经开门了,热气升腾
有菜包、肉包、烧卖和豆浆
店主是一对小夫妻
丈夫是个英俊的小伙子
他负责包包子,蒸包子
鹅蛋脸的小妻子负责卖包子
她的动作还不太熟练

我买了一份黑米粥,一份莲子粥
又买了两只菜包拎上楼

在生活的对流层上
我们各取所需

2016.5.28

藏起来的风

风全部蒸发掉了
几片树林蹲守在旷野深处
一动不动
小动物也躲在树林中
似乎谁先动一下
都会带来一场浩劫
这时树上的浆果爆裂开来
果核飞向天空
划出一道道青烟,落下的时候
已轻如棉絮

我正在马路上狂奔
找寻着那些藏起来的
凉爽的风

2016.7.28

空　山

我们上山的时候

不断有人从山上下来

下山的时候

有很多人正从山下上来

最后下山的下去了

上山的也下去了

只留下

一座空山

2016.7.30

沿河堤跑步

河流太长,像一束光
跑着跑着
我就挣脱了它
像一只被水鸟劫掠到空中的鱼
遁入光线耀眼的蓝天
一群年轻人正在对岸画画
知了背部长出绿苔
吸针扎在嫩绿的树皮里

2016.8.22

看见青山

黎明到来

青山朦胧晦涩

山下一条河

水里是青山的倒影

等黎明消逝,雾霭散去

河流会记下

青山上那些树木的低语

我看见青山的时候

它是一座山

也可以是一只飞碟

我看不见青山的时候

它仍然是一座山

也是一团空气

2016.9.1

在乡下

在乡下，人会变得安静
安静得能听见
吹过骨头缝隙的凉风
安静得不想读书
不需要去河边垂钓

窗外的滴雨声
把午觉变成一场酣畅的旅行
醒来一阵儿，又复睡去
乡下的植物也比城里的安静
所有的叶子都睡着了
请不要惊扰它们

小外甥女乌溜溜的黑眼睛
蓄满令人心碎的微笑
你如果不安静下来
便会羞愧

便会失去
安静的本领

2016.9.15

郊游诗

城墙甬道上的天然石板里
有许多松针化石
石面上游着一只鸳鸯
它当时也许
正在寻找另一半
还有一些铁
开出锈色梅花

我们看了会儿远方
没看到什么,也没听见什么
体校操场边的圆形高塔
荒废不知多少年了
它立在那儿,因为没什么用处
而成为一道风景

钢制楼梯把我们送上跨河大桥
骑行的人行色匆忙

拥挤的车辆飞快驶过
柏油马路，阳光，尘埃飞扬
桥下的河面波光粼粼

        2017.2.12

卧 室

落地灯的黄色光线柔和得
恰到好处,跟窗外的夜色一样
安静达成对白日的谅解

大皮球在地垫上低飞
有一次我们钻进一只更大的皮球
被江面上的风吹到半空
又落回江面

光线暗处,两帧结婚照挂在墙上
卧室里没有时间
两个年轻人从相框里探出头来
又失望地缩了回去

2017.9.15

旅途见闻

我们踏上没有青草的月台
却无法逗留
我们应该停下来
一起做梦
梦的边缘长满青草
火车冒着白烟

左边树上的果实是故乡
味道甘甜
右边树上的果实也是故乡
又酸又涩

等到了嘴里，两种果实
其实是一个味道

2017.10.15

一条泛着星光的河流

并不是每一次醉酒后
都会被夜路的坎坷吞没
比如昨晚
是我扶着栏杆过桥
还是栏杆上奔拉着一个我
一小阵风
把我吹过桥面
一只猫头鹰蹲在树杈间
另一只猫头鹰
紧挨着它
它们一边恋爱一边嘲笑那个
被风吹进黑暗中的人

第二天醒来
我只记得一条泛着星光的河流

2017.12.10

夜宿阳羡茶场

早起,群山未醒
鸟儿在密林间觅食,万物阒寂
林荫大道上未遇半个行人
马路蜿蜒,蛇一般消失在
路的尽头

不知名的水库端庄如镜
仿佛只有走进镜子
才能看清整个江南的模样
只有走到镜子深处
才能听到些许
人间语

茶园也未醒,暗香已浮动
或许只有采茶人才能唤醒
这片光景

2018.5.12

东坡书院

讲堂里静悄悄的
只有讲书人案几上的杯盏里
还氤氲着
一抹阳羡雪芽的余香

碑刻上,那些苏先生的笔迹
来自宋朝
哪个风雨惊动的黄昏
此时的驿道上,快马飞奔
传来朝廷又一道遣调的公文

谷雨过后,云彩归来
只有山门外两对护桥的石狮
还在目送着
一尊卷袖而去的背影

2018.5.12

在大雨中想象一场大雨

大雨流向低处,更低处
奔跑的人比水流还急
担忧的事物还是湿透了

即便回头,看到那些旧事
灰蒙蒙一片,虽然前方是同样的光景
大雨冲刷着我的影子

我们都将到达最低处
并各自寻找着
重新回到天上的旅途

2018.5.25

水　草

水草是一只青蛙的王国
它一动不动
地看着我,还有什么秘密
不能结出荒凉和阒寂
这秋天唯一甜美的果实

下雨了,雨水深处
传来一个女孩寂寞的歌声
我撤去内心的门槛
她的眼泪哗哗流进来

2018.10.14

浮山行

> 山如人意懒，石似我心空
> ——枞阳浮山观音岩洞口石刻

山是空的，我们一行四人
进山便失去踪影，石阶上，秋天
安静地躺在几片黄叶上
古刹掩于竹林，守寺僧不知所踪

千百石刻，咏怀，记事，诵经
风化的部分，一个王朝的爱与恨
随之脱落，抱岩藤紧贴石壁向上攀援
它终将得道，成为白云的一部分

我把从山外带来的尘埃和欢乐
在雪浪岩的峭壁上反复揉搓
并从石井里舀出山泉浆洗，涤荡
人间一日，山中百年

我想像抱岩藤那样，抱死一块岩石
任暮色四合，任身后的城市灯火阑珊

　　　　　　　　　　　　2018.10.21

寻隐者不见

上山的道路旁有许多猴子
公的母的大的小的
眼巴巴望着我们
期待有人抛出一些食物
据说他们会抢人手机
会扒美女的裙子
我们穿过猴群
穿过店铺林立的天街
继续走向群山深处
但密林中已没了隐者
也没遇见闭目打坐的灵猿

2018.12.15

黑皮记事本

翻开黑色封皮
里面是一叠白纸
没有横线，花纹，暗饰
没有花里胡哨的设计
泛着黄晕的纸面
本身就像一场回忆

纸上很快被写满了字
黑魆魆的
像秋收过后烧过的稻田
再看看那些记下的事情
同样模糊不清

2018.12.18

花朵丛生的小路

你若来乡下找我
需要经过一条花朵丛生的小路
不管你从哪个方向找来
即使骑着白鹤飞过田野
飞过丛林中蜿蜒的小河
你总能看到许多条
花朵丛生的小路
它们有的逶迤,有的笔直
你不会注意到凋零的花瓣和草丛中昆虫的喧嚣
但你或许会迷路
所有的小路都指向我的住所
但我不在小径交叉的中心也不在尽头
所有的小路都没有尽头
我也不在任何一条路边
只有根据上述条件画出地图
你才能标出我的位置

2019.1.15

读《第一个人》

我只要一只海螺

就能听见大海的声音

只要一小块化石

就能看见远古的风景,星空永恒

雨水往复,所以加缪先生

我们无须诉说所有的孤独

这常见而廉价的积水,相反

走向幻灭似乎更加刺激

比如不断滋生的老年斑

像青春痘那么活跃,像一座座

喷发过的火山

我们不断收缩的四肢,如初生婴儿的十指

紧握着掌心里的那片虚无

2019.2.3

我车里有根鱼竿

——给公度

我车里有根鱼竿

就为随时

能在河边蹲上一天

那条河只需是一条野水

身后灌木杂生

偶有小虫子窸窣着路过

水草里也静悄悄的

其实哪有什么鱼哟

一整天

也就几条小鱼闹窝

回去的时候

晚霞漫天,路边还有垂柳、紫荆、油菜花

以及蹲守一天

两手空空的寂寞

我车里有根鱼竿

就为随时

能在河边蹲上一天

2019.3.31

石头和月亮

我说石头

你脑海里就会出现一块石头

我说月亮

你脑海里就会出现一轮月亮

现在我们把石头叫成月亮

石头是月亮

石头是月亮

月亮从山上滚下来

月亮在河床上闪闪发光

月亮驮着我们的房子

在大地上飞翔

2019.4.4

劳动节

上午驱车去了南山
山脚下的花苗
需要浇水了
阳光充沛,春风拂面
有许多农活要干
但是我才刨了几下地
便扔下锄头
躺到树荫下的条椅上
打起瞌睡
任杂草横生,花土干涸

2019.5.1

苦楝树

每个路过的人
都闻到了花香
但没人声张
也没人驻足观赏
好像声张出去
这份不经意的发现
便不再属于自己
只在夜晚降临时
悄悄打开窗户

2019.5.3

我是一棵树

我现在就拔地而起
向天上飞去,缓缓的
不管你怎么后退
都看不清我的枝干
看不清那些还没开落的花朵
还没有结出的果实
你只能看见一簇茂密的根须
像从未修剪过的毛发
缓缓向天上飞去
直至成为一片乌云
微不足道的部分

2019.5.12

早　起

凌晨四点半醒来
仿佛从一个缥缈的地方
蓦地降落在了一个令人陌生的时刻
婴儿在沉睡，器物静悄悄
猫儿倏地扑进黑暗
叼出那只逃出笼子的仓鼠
黑暗中，我被桌腿绊了一跤
咣当一声，秋雨把雷声还给远方
繁茂的夏季没什么值得怀念
拍摄过的胶卷
还浸泡在显影药水里

2019.10.19

照镜子

舌苔呈黄褐色,两道舌裂纹
像两条等待疏浚的河道
两边的齿印清晰
我的肉体与隐藏在体内的湿地
互相陷落于彼此
一只枯青的魔爪
突然从喉腔钻出,扼住我的咽喉
把我拉进自己的五脏六腑
炼狱深处,一个小小的黑洞
吸干了时间

2019.10.19

厚载巷

早点摊和守门人都起个大早
生火，在街边摆好小方桌
挥舞扫帚归拢一夜落叶
洒水车的驾驶员拧紧消防栓
去扑灭大街上的烟尘
所有的欢乐都不必说出来
所有的期待和无奈
都不必说出来，灯光依然昏暗
四周依然静寂
头戴连衣帽的姑娘走出兰桂坊
和我并排穿过小巷

2019.10.19

圆形跑道

与往日来到这里的时间错开
就会看见完全不同的人
完全的陌生人,和见过几次的陌生人
是同一群人,也是同一个人
我和他们都是同一个人
是同一只虫子,同一片树叶
在圆形跑道上蠕动,翻滚,默默倾诉
不抬头,不看远方
只盯着脚下的白石灰线与红褐色塑胶跑道
一直跑,一直跑
也许能跑到红火星

2019.10.19

夜中夜

我穿着一套白色运动衣
在至暗时刻的深处跑动
像一只白色的虫子
在泥土里缓缓爬行

如果这夜晚是一只麻袋呢
我能不能钻出袋口
其实我是一小块天边的陨石
迎接我的是茫茫大海

只有在夜中之夜
所有空间的门才会悄悄打开

2019.10.19

四条巷

孩子是爸爸和妈妈全部的财宝
黑夜是星星和月亮全部的财宝
当我路过干涩的街角
并未察觉那棵橡树下的陷阱
天已大亮,早市热闹起来
枝头的鸟儿焦躁不安地跳跃
它终将放弃树上的家园
只有我还淹留在
橡树盘根错节的迷宫

2019.10.19

酒吧一条街

街巷空空,店门紧锁
门楣上挂满冷冷清清
昨夜那些摇头摆尾的舞曲呢
还有喝得烂醉
像尸体一样被捡走的女孩呢

一片枯黄的树叶从枝干上脱落
飘到地上,天越来越亮

2019.10.19

回笼觉

跟往常一样,早晨五点四十左右
就醒了,典型中年症状
接着穿衣,洗漱,在镜子里
梳理好另一个人的头发

跟往常一样,喝一杯温水
然后穿上鞋子出门
菜场旁边有一家早点铺
他家的豆浆油条茶叶蛋
味道不错
跟往常一样,昨晚整宿不敢深睡
一会儿看看熟睡的家人,一会儿看看
窗外漆黑的夜空

吃完早点回家,我脱去外套
脱去裤子、毛衣、T恤、秋裤和袜子
最后只剩一条内裤

所有这些，都是回笼觉不可缺少的仪式

否则就会一直醒着

2020.1.10

三两水饺

给自己倒一杯新入手的老酒

妻子炸来几十粒花生米,撒上精盐

于是夜晚的味道

变得缓慢从容

她又端上来三两水饺

使我瞬间想起

那年在成都

吉木狼格的饺子酒馆

我们坐在临街的屋檐下

边吃水饺边饮酒的情景

街上阳光正好,树影婆娑

无边的安逸

把那一小片街区

投入安静又透亮的

时光深处

2020.9.7

高 岗

我们双手抄在各自的风衣里
向那座高岗走去
周围的原野悄声警告
一个季节有一个季节的敌意
我们不会在乎这些
麦苗青青,飞鸟点缀天空
等我们站到高岗的最高处
你就能看见一排作为分界线的树木
在深秋的时光里
折叠出不同却迷人的颜色
你就能看见如果镜头不断拉长
我们和高岗原野一样
都是一个点,可以被无限放大
也可以被无限缩小,此时
我的哀伤
是那堆还没来得及入仓的谷物
被路过的鸟群啄食

农夫已死去,鸟群越飞越远
很快挣脱出人们的视野
此时,我们的双手
各自插在对方风衣的口袋里

2020.11.18

辑 三

让秋天成为往事

去年初冬

我还清楚地记得
去年初冬的西风,和此时一样冷
去年初冬,如此地接近我们
只需一伸手,就能触摸到它

积累一年的心事
像蒙蔽了一世纪的尘埃
去年初冬,我和几个兄弟在一家餐馆
用苦酒洗刷迷茫的肠胃
洗刷即将逝去的青春

去年初冬,西风一度伤感
那些兄弟已散落到哪里
当时我们酩酊大醉
不等酒醒便开始飞离
像几只黑色的鸟

去年初冬也从光秃秃的枝丫飞离

我们满心欢喜

从那一小段灰冷的时间上

各自散去

1995.1.21

烟花三月

在扬州
我像一个躺在李白诗句里的睡者
一个午后的睡者
筋骨疲软,不断地惊厥
却总也不能彻底醒来

据说,二十四桥上吹箫的女孩
是一个和尚的私生女
如果让我听到她的音乐
我会觉得烦
像瘦西湖两岸弥漫的柳絮

烟花三月
在这个词语的诞生地
另一件不称心的事情是

我企求了太多不可预知的未来

并将为之付出代价

2001.4.18

五 月

麦子的花粉是黄色的粉末
安静微弱,但无限冲动
像一群精子
从冬天到五月,要经过寒冷
失眠,甜蜜的阵痛
和干枯的河床

女孩的歌声
和我身体里泛滥的潮汐相比
显得遥不可及
那歌声就像五月的眼泪
挡在咀嚼青草的羊群面前
我是其中的哪一只

1997.5.6

六月抒情诗

凌晨三点下火车
兔子在黑暗的麦芒上飞翔
楝树的阴影躲到野火背面

弃婴在野外的一株白桦树下哭喊
妈妈说在那儿三四天了
半边脸被蚊子叮得青紫

一张照片,相同的微笑和姿势
儿子们趴在小方桌上
堂妹手举铃鼓大声喊他们的名字

爬到楼顶享用夜晚的凉风和蛙声
对过楼上人家的卫生间灯光模糊
两个人影,六月一闪而过

2002.6.25

让秋天成为往事

火车才开过滁州
立杆来电话说青锋来了
一起吃晚饭吧
而我正赶奔徐州,放在老家的儿子
喷射性呕吐,腹泻,发低烧
看见他时我鼻子一酸
第二天抽脑脊液
确诊化脓性脑膜炎
妈妈强忍泪水,抱紧她的孙子

我要把老大接回南京治疗,打仗似的
打完淮海,接着渡江
大汉住进儿童医院第三天
二郎又出现同样的症状
那天深夜在病房楼下
想起医生把大汉窝成一团
抽取腰椎脊液的情景

我和妻子抱在一起
哭了起来

妈妈的眼睛熬出了血丝
我笑着对她说,不就是场病吗
会好起来的
庆和老是打电话问这问那
所幸认识的老医生
只开了一百多块钱的药
就治好了二郎
大汉是被别的医生收治的
老医生说,那就没办法了
你总不能
让我去抢别人的病人

可爱的胖子杨黎来了
还有帅气的吉木狼格
一大帮朋友,一块儿喝酒,聊天
孩子们已经康复
一听见莫文蔚的《单人房双人床》
大汉就前后晃头,二郎就双脚乱蹦跶
像两个小木偶

妈妈脸上终于有了笑容
我又像去年冬天那样
天天晚上和爸爸对饮
三两小酒，爷儿俩微醺
只是个把月
没和老鲁下象棋了
手有些微痒

2002.11.12

过 年

买了好多东西,堆得到处都是
心脏和胃有些饱胀
足不出户,在孩子的哭声里反复醒来
在屋子里走来走去
条件反射似的,总想抓住一些什么
怀抱婴儿
在凉台的阳光里发呆
经过一个冬天
米兰花居然未死

骑车去了一个地方
又回来
妹妹一家人来探亲
一天傍晚,忽然平地起风,阴冷的风
裹走又一个夜晚
第二天阳光普照,电视机昨夜未关
满屏雪花白

妈妈的感冒还没好

吃错了药,还有些头晕

厨房里传出抽油烟机的声音

大街终于冷清下来,多么难得

天气也晴好

亲人走了,屋子里也空旷起来

有一根神经似乎睡着了

或者就在酒精里发麻,和爸爸对饮

天天晚上微醉

            2002.2.15

初　夏

天似乎要变晴，风很大
划过避雷针
削平所有的屋顶
松花土的铁铲从楼顶坠落
大风中，蜗牛爬向火焰
铁铲砸中一只昆虫
尸体被蚂蚁搬回了家
地上了无痕迹
我下楼把铲子捡回家
似乎什么也不曾发生

2002.6.30

在阳台上回忆童年的一次劳动

成把的稻秧分散在水田里
等人去取开它们
一棵一棵地插进地里
太阳不再担心会被麦芒刺痛
无聊的蛤蟆蹲在水沟边
瞪大眼睛，数我凸显的肋骨
妹妹光着脚丫
拎着水壶从田埂上走过来
歪歪斜斜地
妈妈在她的羊角小辫上
扎了两根红头绳

麦茬扎得脚疼
爸爸说，小孩没有腰
可是我的腰也很疼
堂弟把稻秧插得斜里八歪
大伯呵斥说，你眼长哪儿去了

长到腚上了吗

直起腰休息,能听见咯吱咯吱的声音
插好的稻秧在风中摇摆
有的浮了起来,并不会妨碍它扎根
姑姑已经撇下我好远
这个插秧的女人,为了赶上她
我还需要长大

2002.11.25

又一年

昨夜像是下了一整夜毛毛雨
稀稀拉拉地
敲打窗沿上的遮雨篷,像秒针
像注射器里的生理盐水
时间终于有了它的形态
悄悄流进静脉
没有回声

孩子溜旱冰回来,满头大汗
和他们擦肩而过时
我忽然感到一阵惬意
当时的风很大
我骑着旧单车来到街上
一个好看的女子迎面走来
一些陌生人,无声的流水
奔向已经拥挤的陡坡

两个男人正在街边吵架
年轻的说,我想揍你
我大声喊道:
"那就快动手吧!"

2006.1.1

早春小诗

农历正月初二
江南的小村庄向依然寒冷的高空
尝试性地伸出舌尖
舔了一下春天
出村的小路蠕动起来
东边两条,西边两条
这是我们小时候用来触摸外界的
树梢
我曾爬到树梢末端
眺望从远方吹来又吹向远方的季风

土地即将发出苏醒的声音
且迅速蔓延到树梢
噼啪作响

2014.2.2

初夏的早晨

我和妻子早早醒来
叫醒上学的孩童
他们在自己的梦乡奔跑了一夜
此时仍然困倦
可是窗帘已经拉开了
初夏的光和鸟鸣
挤走他们昨晚的窃窃私语
这依然灰暗的房间
凌乱桌面上的书本
厨房传来母亲舀饭的声音
然后我要送她去医院
先送孩子
把他们在学校门口的马路边放下
把他们一起,送进一个
热烈生长的夏天

2015.5.20

岔路口
　　——致庆和

某个初夏的午后
我们在一个岔路口偶遇
你喊出我的名字
声音如已消失在田野里的
巨轮拖拉机
那轮子真是高啊
我们曾推着轮毂在旷野里旋转

月亮居然已经升起
我们的女儿，纯洁的礼物
我们看着她一天天长大
我们不乐意她嫁给别的男人
此刻，她正在自己的小屋里熟睡
月光溜过她的蚊帐
故乡在她的梦呓里醒来

2015.5.26

夏夜的村庄

小小的村庄已被黑暗吞没
妻子和孩子已经睡了
他们的呼吸令人动容
他们从梦里传来的呓语和笑声
令人动容
千百年前的这个村落
必然是另一个村落,它可以在此处
可以在别处,一样安静、透明
像笼罩我们的黑暗一样
安静,透明

我坐在屋顶,卡车从远处驶过
车灯被黑暗中的树桩间歇性阻断
一闪一闪的
像萤火虫弹奏着夜晚的键盘
像夜行船紧抓着大海的衣角
汽车,小船,萤火虫和我

我们各自观察着对方

在稠密的黑夜里遁向远方，逐渐消失

2015.6.14

海边的新年

我们一群人
先是在海水里嬉戏
后来上岸
在沙滩上写下一行大字
二〇一七,接着是第二行
二〇一八,接着海水漫过来
二〇一七消失了
接着是二〇一八
沙滩又恢复了
原来的模样

2017.1.1

十 年

那一年
我把写给你的一封信
投进树洞
过了十年
树冠已高耸蓝天
只是花从未开,你也没来

我已经忘了那封信
直到去年春天
听说你远嫁的消息
它才钻出树洞
在树冠上开出一簇白花

2017.4.30

龙 舟

每年都有一场划船比赛
听说只有鼓声最响的那条船
停进安静的夜晚后
才能拥有群星的礼赞

我的星星有别于你的星星
它们温度不同
它们的光一个是白银
一个躲在时间的洞穴里

因此对一颗恒星死亡的消息
谁都只字不提
恒星死后的光芒
继续寻找一个遗落的时代

那个时代

已埋没在河底的淤泥里,埋没于

比淤泥还黑的太空里

2017.5.30　缅怀屈原

看樱花

我答应带你去看樱花
在初开的时候
那时的风景还无人问津

我答应带你去看樱花
在开得最盛的时候
那时已人潮如涌

等我们一起来到那条路上
花已经谢了
你想要我带你去一次东京
那里也许,还有未落的晚樱

2018.3.27

春风斩

——赠 Mariline

冬天的盐被渍干以后
晾晒出来,就成了枝头的春绿
你的微笑比柳条儿还软
来自安大略省的微笑
那接近北部冰原阳光的地方

此刻你刚刚起床
站在盛开的花朵后
花朵挡不住远景里你的面孔
屋子里的初春
那也是我全部的春天

我不要像垂柳的枝条一样
在你的春风里左右摇摆

我其实是不安的
这以后的日子,是一张新铺开的画纸
每天都会多一抹颜色

2018.4.7

黎明之前

这一天的第一声鸟鸣,或许已在
别人的窗口鸣叫过
或者在湖边的树上、老城墙上
出现过了
不管怎样,我庆幸能够一次次醒来
并对熟悉的事物
能够重新认识,咿呀
婴儿拍打着妈妈的乳房
运输车轰鸣着经过楼下
黎明之前,我摸黑来到熟睡的
妻儿们床前,亲吻他们的额头
像一个眼含热泪的死神

2018.6.9

骑扫把的父亲

花盆里总有老化的叶片一夜枯黄
对时光来说这是颓废与卑怯的
甚至有些碍眼就像
蹲在街角抽烟的父亲

父亲挥动扫把的身影已显得吃力
地上总是垃圾满地
像是从天上掉下来的
他常说我们也是从天上掉下来的

他常年提着扫把,清扫庭院
驱赶晒谷场上的麻雀
他吃力地守护着生活有限的资源
他一生的形态,包括但不限于
泥土和棉花,贫穷和忧伤
他的青春也曾一度茂盛
犹如他怀抱中的月琴

风掐断枯黄的叶茎，我甚至妄想
掐断所有令父亲衰老的线索
比如他的白发、驼背，深夜里
从隔壁房间传来的咳嗽声
被遗弃的金黄终将归于沉默
朝阳洒满窗台，一盆绿萝
在整饬后葱茏的绿光里
父亲正骑着他的扫把飞上天空

2018.6.16

小 说

前年头上,做建筑工的羊蛋
从高层建筑的脚手架上掉下来
摔死了,这事要是公了
老板除了赔钱,也许还要坐牢
要是私了,老板只要多赔点钱

羊蛋的家人当然接受私了
老板赔一百多万,这事看上去
挺圆满的,您想想
如果羊蛋不是摔死而是干到老死
他肯定存不下这么一笔钱

故事到此还算不上个故事
故事才刚开始,真正的人物出场了
是羊蛋的二婚老婆
结婚时她带来三个孩子
赔款一到她卡上,她便带上孩子

连夜跑了,谁也不知道去了哪里

故事的尾声是,羊蛋年迈的父母
连气带伤,不久撒手人寰
羊蛋头婚老婆留下的孩子
从此成了流浪儿

2018.8.27

吉木狼格来了

庆和倒数第二个到来
一阵寒暄温暖
饭局结束时,好多人已经离去
不知道时间和去向
我们几个最后离开
庆和骑着他永远的电驴子载我回家
我们穿过高架桥,穿过灯光
穿过树影和下着小雨的街道
衣衫被打湿,夜风微凉

2018.9.16

十月赋诗

一整天我都坐在河边
脚下的鱼竿快要睡着了
陌生的地方,我没打算向任何人
打听这里的水质和鱼情

跟水下的鱼群对峙,以及流云
十月下坠,鱼和云正在怀孕
整个冬天,都将阵痛不止
爱情孤悬在落叶乔木的枝梢

黄叶满地,黄花亦满地
悲伤随风而逝,嗖,鱼儿划出水面
把水体划开一个洞,水没有
立即围拢过来,阳光直射河床

河面上,波光渐渐变成深青色
天暗下来,头顶繁星闪耀

这些从宇宙深处游出的鱼群
我也将贪婪地收割它们

即便不能钓到一颗,我也终将
隐没于它们之间的黑暗

2018.10.4

敬老院

一个大房间，住着七位老人
像是要跟周围的安静保持一致
没人聊天，就像七条年老的鱼
嘴巴翕合着浮在水面
他们刚吃完饭没多久
一起坐着，有的在打瞌睡
等下一顿饭或者夜晚到来
等星辰落下，太阳升起
等一天过去和下一个醒来的早晨
没有电视、音乐和报纸

突然一位老人喊叫起来
他冲出座椅跑了出去，跑到院子里
跑到院子外，他咿呀叫着
又蹦又跳，像个开心的孩子

2018.11.1

返老还童

我们探视的老人生于 1925 年
两年前被送进养老院,一直躺着
她的双手被绑在床上
否则她会去拔鼻饲的管子
她的小脑已经钙化
一生的记忆不断消失,压缩
像黎明前仍在努力发光的星星

当同事贴着她的耳朵大声呼喊
她的身体挺了一下
凹陷的嘴里喊出"我知道"三个字
虽然吃力又难以辨别
但我们都听到了
她还想说话,又挺了挺身体
不过很快就放弃了
一次又一次,她无奈又自觉地
让自己平静下来

她的视力已模糊不清
瞳仁仍然清亮
她转动着眼珠
看看这个,又看看那个
好奇的眼神
婴儿般天真

2018.11.7

生活的庭院

有时候你的门闩紧闭
如果不耐心地
一点点拨弄开它
我就会被冻死在那
寒冷的街头

有时候你满院春光
我却不愿意
从敞开的大门进去
我翻墙进入
在你的花园里一阵践踏

我终将消失
像一只跌落在荒草丛中的
误食了毒药的麻雀

弥留之际，我看了最后一眼
你无处不在的天空

2018.12.1

驴　鸣

王粲入葬的那天
曹丕对赶来祭奠的人说
生前,他喜欢驴叫
就让我们都叫一声
来为他送行吧
于是王粲墓的四周
回荡起一阵驴鸣
响彻至今

2018.12.19

麦子之死

云朵飘过原野,父亲扶着耧车
一边播种一边挥舞着鞭子
驱动拉耧的牲口
我跟在后边
为那些裸露的麦种覆土
天色尚早
麦子们已经在各自的墓穴就位

直到来年春天,那些死掉的
麦粒纷纷结出饱满的麦穗
而白云的复活会来得晚些
它们将在芒种时节
变成农夫的黄金岁月

2018.12.25

路过你窗前

天刚蒙蒙亮，洒水车还没走远
被打湿的落叶
在昏暗的路灯光里
努力回忆春天的颜色

有的人还在梦中
有的还没睡下，夜晚被撕碎
我的车灯同样撕碎你
门前青涩的黎明

若干年前我在同样的黎明
经过你窗前
灯还亮着，你刚刚醒来还是尚未洗睡
我呵出的雾气被冷风卷走

2018.12.28

赠久无消息的朋友

好久没看见你的消息
微博停更,朋友圈没有动静
想必我们一样
像两台报废的车辆彼此遗忘
于荒郊野外
野草漫过车顶
把一朵野花举给远方吹来的风
一只候鸟落到方向盘上休息
没多久又急匆匆飞走
后来,候鸟落下的那粒种子
开始发芽,一株藤蔓长出来
它把车子开到了加油站
然后驶向更偏寂的地方

2019.7.5

少　女

她正站在一个炎热夏日
午后的廊檐下
紫藤浓密的绿荫里
发型有些老派
这未能遮蔽她
在这条小街上的光芒
枝叶吐出绿色蛇信子
多危险啊,她无动于衷
似乎从来不需要拯救

我不知道得穿过多少条街道
得经过多少日子
才能看见这样一位少女
也许她很快就会忘记
这个炎热的下午
只是轻快地
穿过热气弥荡的路面

修直的双腿,像一场谎言

把我遗弃在这个废墟般的夏天

2019.7.15

梦见女儿

我再次梦见女儿
梦见她刚出生时的样子她是
如此陌生
她和我显然还没相认
我将亲自喂养她而她
也将很快笑靥如花
我把她举到风中
亲了又亲

多少年来，我不止一次地想到
在这尘世上，一定有一个
我的女儿
我们如此贴近，却从未相认
我们肯定相遇过
甚至不止一次地
在人群中擦肩而过

2019.11.23

十一月

十一月即将过去,我徜徉河边
潮湿的气候,骨关节冷意氤氲
河水被拧紧,在冰点上打着涡旋
北方的大雪正越过沙漠、草原
如百丈高的海浪翻涌而来
我们在逝去季节里留下的足迹
没有了一丝余温
一片树叶就是一口时间的棺椁
从暗夜的微光里飘忽而过
我们一生要经历的爱情打马远遁
二十岁骑白马,三十岁骑红马,四十岁
骑着花斑马,我们终将变成孤独的人
像树叶落尽暴露于枝梢的鸟巢
此时,寒风在呼啸……

2019.12.15

深秋的早晨

第一次,车窗外有了雾
不用拉下遮阳板
早点里有过的蛋黄派
谁对这世界的爱的温度
更高一些,蓝白主色
上海银行前的马路边的法桐树
叶子依然茂盛,小鸟在
泛着微黄的绿色树冠里跳来跳去
有些惊慌和眷恋
春天的颜色终究复制不来
那就酝酿和实施一场报复吧
也许这样,仍然无法遏制
随之而来的孤寂和悲伤
一只飞鸟迅速掠向地面
像是有人在树冠里
把灰褐色的悬铃果投射出来

交通警察没有制止那几个
推着自行车的逆行者
街头嘈杂拥挤，有的人在车里打着电话
但整体看上去
这个世界依然是静默着的
一个路人擦着我的车身
穿过马路
消失在深秋的薄雾中

2020.11.2